I0621348

Todos los libros de Linkgua Ediciones cuentan con modelos de Inteligencia Artificial entrenados por hispanistas. Pregúntale al chat de tu libro lo que desees acerca de la obra o su autor/a.

Para ebooks: Accede a nuestro modelo de IA a través de este enlace.

Para libros impresos: Escanea el código QR de la portada con tu dispositivo móvil.

Obtén análisis detallados de nuestros libros, resúmenes, respuestas a tus preguntas y accede a nuestras ediciones críticas generativas para una experiencia de lectura más enriquecedora.
La transparencia y el respeto hacia la autoría de las fuentes utilizadas son distintivos básicos de nuestro proyecto. Por ello, las respuestas ofrecen, mediante un sistema de citas, las fuentes con las que han sido elaboradas.

Rafael María de Labra

El Partido Autonomista Cubano y la Ley de Reformas de 1895

Barcelona 2024
Linkgua-ediciones.com

Créditos

Título original: El Partido Autonomista Cubano y la Ley de Reformas de 1895s.

© 2024, Red ediciones S.L.

e-mail: info@linkgua.com

Diseño de cubierta: Michel Mallard.

ISBN rústica ilustrada: 978-84-9953-632-3.
ISBN ebook: 978-84-9953-818-1.

Sumario

Brevísima introducción

El Partido Autonomista Cubano y la Ley de Reformas de 1895 es un ensayo del político autonomista de Cuba Rafael María de Labra.

El Partido Autonomista Cubano fue un partido político fundado en 1878 en Cuba durante el período colonial español. Su principal objetivo era obtener una mayor autonomía para la isla dentro del marco del régimen colonial español.

El Partido Autonomista abogaba por la descentralización del gobierno y la participación de los cubanos en la toma de decisiones políticas.

Ley de Reformas de 1895 fueron unas medidas promulgadas por el gobierno español en un intento de frenar el creciente movimiento independentista en Cuba. La ley ofrecía algunas concesiones limitadas a los cubanos, como la creación de un gobierno autónomo y la abolición de la esclavitud.

Sin embargo, estas reformas fueron consideradas insuficientes por los independentistas cubanos, y la guerra de independencia estalló ese mismo año. La Ley de Reformas de 1895 no logró aplacar los deseos de independencia de la población cubana y finalmente condujo a un conflicto prolongado conocido como la Guerra de Independencia de Cuba (1895-1898). Este conflicto culminó con la intervención de Estados Unidos y la posterior independencia de Cuba en 1902.

Documentos emanados de la Junta Directiva de aquel
Partido y que respetuosamente presenta a la consideración
del Senado Español Rafael M. de Labra, senador electo por
la Universidad de La Habana

Advertencia

En los últimos debates del Senado sobre la cuestión de Cuba,
se ha hecho frecuente referencia a los Memorándum que
la Junta Directiva Central del Partido Autonomista cubano
puso en manos del Gobierno, en el curso del año pasado, ex-
plicando la situación de Cuba y la necesidad de plantear con
ciertos desarrollos, la ley llamada de reforma ultramarina de
15 de marzo de 1895.

Esos Memorándum fueron dos: el de 4 de mayo de 1895,
dirigido al señor gobernador general de la Isla de Cuba, y el
de 18 de septiembre, entregado en diciembre del propio año,
al señor presidente del Consejo de Ministros.

Ni de uno ni de otro se ocupó el Gobierno o por lo menos
sobre ninguno dijo a nadie la menor palabra; hasta que en
estos días ha declarado, por boca del señor Presidente del
Consejo, en el Senado, que los interpretó (libremente y por su
propia cuenta), como una repudiación de la Ley de Reformas.
Partiendo de este supuesto, el Gobierno se ha creído y cree
libre del compromiso contraído por aquella ley.

Ya en el debate del Senado se ha dicho que la Ley de Reformas también se hizo para Puerto Rico y que en esta isla,
los autonomistas, lejos de haber dado el menor pretexto para
que se interpretara su voluntad en contra de la ley, han solicitado con repetición y urgencia su planteamiento, hasta el
punto de ofrecer que inmediatamente después de planteada,

ellos saldrían de la abstención electoral en que se encuen-
tran por efecto de la deplorable e irritante reforma electoral
de 27 de diciembre de 1892, obra del Partido liberal de la
Península, que puso a los puertorriqueños muy por bajo de
peninsulares y cubanos, dándoles una especie de credencial
allí apellidada de *españoles de tercera clase*. Sin embargo,
tampoco en Puerto Rico se ha planteado la ley de 1895.

También se ha hecho constar en lugar oportuno la inexac-
titud del supuesto de que en todo caso hubiera sido el Partido
autonomista cubano quien iniciara la repudiación de la ley
aludida.

Esta es nada más que una *ley de bases*, que obliga al Gobierno a redactar y plantear la *ley definitiva*, la cual, para su
vigencia, exige *reglamentos*.

Ahora bien, aparte el carácter de *urgencia* con que se votó
aquella *ley de bases*, bastará fijarse en el texto de sus *disposiciones transitorias* para comprender que todos los confeccio-
nadores de la ley partieron siempre del supuesto de que esta
se hallaría en la plenitud de su vigor *antes del 15 de junio de
1895*. Es decir, que todas las instituciones creadas por aquella ley *estarían funcionando* a mediados de junio.

Además consta en el *Diario de Sesiones* del Congreso de
13 de febrero de 1895, que los autonomistas se reservaron
su juicio decisivo (lo mismo que hicieron los conservadores),
hasta que fuesen publicados la ley definitiva y los reglamentos, más o menos en armonía con la *ley de bases* por todos
votada en la Cámara popular a mediados del mes de febrero
antes citado.

Sin embargo, hasta el momento presente, el Gobierno no
ha llevado a la *Gaceta* la *ley definitiva* a que estaba obligado,
ni mucho menos los *reglamentos* necesarios para la aplicación de la misma.

Por manera que cuando la Directiva Autonomista cubana realizó su *primera gestión*, el Gobierno ya había faltado a su compromiso.

Aparte de esto, no se puede prescindir de que el partido conservador pactó, no solo con los partidos autonomista, reformista y constitucional de las Antillas, sino con el partido liberal y el partido republicano de la Península, debidamente representados en Cortes, los cuales no han sido poco ni mucho consultados respecto de la suerte que debe corresponder a aquellas reformas sancionadas por una ley promulgada en la *Gaceta* y, por tanto, obligatoria para el Gobierno, mientras no fuera expresamente derogada.

El Gobierno no ha pretendido esto último, incurriendo por tanto en una verdadera responsabilidad ministerial, por cuanto en el encabezamiento de la ley de 15 de marzo no se dice que el Gobierno quedaba autorizado para hacer tal o cual cosa, si lo estimase oportuno, sino que en ella se establece terminantemente «que el régimen de Gobierno y Administración de las islas de Cuba y Puerto Rico *se acomodará* a las bases», que luego detalla. Se trataba, pues, de algo que debía necesariamente hacer el Gobierno.

El artículo 3.º de aquella ley es si cabe más terminante, pues que dice: «El procedimiento electoral y la división de las provincias en distritos para las elecciones provinciales *se modificarán* por el Gobierno en las dos islas para facilitar a las minorías el acceso a los Ayuntamientos». Y añade «*se computarán* como si fueran impuestas por el Estado, *para todos los efectos electorales*, las cuotas contributivas que impongan el Consejo de Administración de Cuba y la Diputación provincial de Puerto Rico...»

Nada había aquí potestativo para el Gobierno.

Pero además importa mucho conocer el texto de los Memorándum aludidos. Ese texto sigue a estas lineas y lo complementa y explica el Manifiesto que la misma Directiva Autonomista dio al País en 15 de abril de 1895; manifiesto que rectifica absoluta y concretamente el supuesto de la repudiación.

Lo que si ya ha de tenerse por indiscutible es que *ahora* y por efecto de todo lo sucedido en estos quince últimos meses, el Partido Autonomista cubano cree:

Primero, que tanto para la terminación de la guerra como para el levantamiento y fortificación de la agonizante isla de Cuba es indispensable la proclamación *sincera* de la Autonomía Colonial.

Y segundo; que sin este recurso los esfuerzos del Partido serán ineficaces para restaurar el orden y la paz en la grande Antilla a pesar del notorio patriotismo y de la resuelta voluntad de aquella honrada agrupación política.

15 julio 1895.
Madrid.

Memorándum que la Junta Directiva del Partido Autonomista de Cuba puso en manos del excelentísimo señor don Arsenio Martínez Campos, gobernador general de aquella isla, el 4 de mayo de 1895.

Cuando la Junta Central del Partido Liberal Autonomista, en pleno, tuvo el honor de saludar al excelentísimo señor gobernador general y de ofrecerle su concurso para el establecimiento de la paz y la instauración de las reformas, se sirvió S. E. invitar a sus miembros a hacerle conocer sus opiniones sobre las cosas públicas, deseoso, según dijo, de oír a cuantos en la vida política se consagran al estudio de las mismas. Demostró así S. E. una vez más sus altas dotes de gobernante y los nobles propósitos que siempre le animan, y la Junta Central, que agradeció su invitación, se propuso desde luego corresponder a ella. En su nombre y por su acuerdo, tendrá una Comisión de su seno la honra de someter a S. E. algunas indicaciones que la Junta estima importantes, y que para auxilio de la memoria se consignan también en el presente *Memorándum*, que habrá de dejar en manos de S. E.

No necesita la Junta exponer sus juicios sobre la situación actual del país y sobre las soluciones que en su entender demanda. Aquella es de S. E. mejor que de nadie conocida, y cuáles sean estas sería ocioso repetido, tratándose de un Partido cuyo programa a todos es notorio. Propónese únicamente la Junta indicar a S. E. algunas medidas que cree convenientes y que al propio tiempo son posibles dentro de la política imperante, y que S. E. juzgará si merecen fijar su atención y ser sometidas por S. E. a la del Gobierno de S. M.

Entiende la Junta que dadas la importancia del movimiento insurreccional de Oriente, las causas que lo han producido y las que acaso pudieran concurrir a alentarlo y prolongarlo y la precaria situación económica del país, que de no recibir prontos alivios podría engendrar nuevas causas de desorden, urge oponer a aquel movimiento *tanto como la fuerza material, fuerzas morales que conquisten a la causa nacional la firme adhesión de las gentes tibias y reservadas* (que en todas partes las hay), aparten del separatismo a los que solo por desconfianza en la justificación de la Madre Patria hayan vuelto a él los ojos y contengan la desesperación de los más castigados por la crisis económica.

La primera de las medidas que en opinión de la Junta podrían conducir a aquel fin, habría de ser la adopción por las Cortes, ya convirtiéndolos en Leyes, ya autorizando su planteamiento, de *los acuerdos en que unánimemente convinieron los Diputados cubanos de todos los partidos*, en las reuniones celebradas a fines de febrero en Madrid bajo la Presidencia del actual ministro de Gracia y Justicia y *la inmediata reforma arancelaria*, basada en aquellos acuerdos.

Sean las que fueren las opiniones que se profesen acerca del régimen mercantil más justo o más conveniente entre la Península y las Antillas, es ya de ineludible urgencia la reforma del actual, aunque pueda acaso lastimar algunos intereses, no comparables a los que resultarían favorecidos y a los de orden superior que se cifran en la prosperidad y la satisfacción de las colonias.

Y es de ineludible urgencia la reforma, no solo porque el régimen actual (que no es por cierto el cabotaje), as de tal injusticia que constituye una causa de general descontento entre los habitantes de Cuba, sin distinción de partidos, sino que hace imposible un presupuesto sin déficit. Y precisamente la insurrección y la crisis económica, harán acaso necesarios, presupuestos más altos que el vigente, ya para cubrir los gastos que aquella ocasione, ya para atender a necesidades de fomento, que el nuevo Consejo de Administración no podrá eludir, como hasta aquí se han eludido, y sin cuya satisfacción se dificultarla el sostenimiento de la competencia formidable en que está empeñada, con riesgo de muerte, nuestra producción azucarera.

Cuanto pueda favorecer, directa o indirectamente, nuestra agricultura y nuestra industria; cuanto pueda estimular la creación de industrias nuevas, que de seguido habrían de establecerse si con eficaces exenciones de tributación por tiempo conveniente, se las garantizase de los rigores del Fisco y de la inmoralidad de sus agentes que hasta aquí han paralizado o frustrado no pocas iniciativas; cuanto pueda reducir el presupuesto como una acertada conversión de la Deuda y una escrupulosa revisión de los expedientes de Clases pasivas; cuanto tienda, en una palabra, a mejorar el estado económico, desde los grandes remedios a lo modestos alivios, ha llegado a ser, por lo crítico de las circunstancias y por las complicaciones que podrían producirse, más que comunes medidas de buen gobierno, apremiantes deberes de patriotismo.

Sin un nuevo régimen económico, cree la Junta *que es imposible toda solución* para los problemas cubanos. El nuevo régimen político, lejos de ser fructuoso, culminaría en un fracaso que podría ser más grave y peligroso que la misma actual insurrección. Si se retarda siquiera la reforma económica, se agravará la situación de la Isla, se frustrará la favorable impresión que sobre la población de Cuba produciría en estos momentos, y se perderán los preciosos recursos que de ella habrían de derivar, más preciosos y necesarios que nunca ante el enemigo armado.

Tan conocidas son ya las cuestiones económicas de Cuba por la importancia que en los últimos años les ha dado la creciente gravedad de nuestra situación, y de tal manera fueron concretadas las aspiraciones comunes a todos los habitantes de la Isla en los acuerdos aludidos, que seria impertinente añadir una palabra más a propósito de aquéllas, Pero aun siendo tan importantes, no bastaría su acertada resolución, en el sentir de la Junta, para satisfacer a los habitantes de Cuba en su afán de justicia y de buen gobierno, sino la acompañase *el inmediato planteamiento de los decisiones adoptadas por la Nación, en ejercicio de su soberanía, respecto de la reforma política y administrativa.*

La Junta considera que es *inexcusable el inmediato planteamiento de la Ley Abarzuza que sería peligroso todo aplazamiento* y que al plantearla debieran desenvolverse sus bases con tan amplio sentido, con tan liberal espíritu, con tal desprendimiento de facultades y medios de acción por parte del Gobierno central, en lo relativo a la Administración local, que en cuanto a ella toque entienda Cuba, desde el primer momento, con absoluta seguridad y sin el menor motivo de recelo, que ella, solo ella, la regirá en todas sus partes, con arreglo a sus conveniencias, por ella misma apreciadas y que en ninguna materia, en ningún caso y por ningún motivo, habrán de cohibir o perturbar su libre acción las ingerencias del Poder Central o de sus representantes.

No razonará estos juicios la Junta, porque ya lo ha hecho repetidamente y con todo detenimiento la prensa del Partido liberal. Pero como al plantearse las reformas han de resolverse cosas de tal interés, que de la solución que tengan podrá depender el valor definitivo que a aquéllas se atribuya y el juicio decisivo que de ella forme el país, serán pertinentes algunas consideraciones que por razones fáciles de apreciar no ha entregado todavía la Junta a la publicidad de la prensa.

Preocupan seriamente a la Junta las resoluciones que puedan dictarse sobre la provisión, en el futuro, de los cargos públicos en la Isla. No puede caber la menor duda de que al Consejo de Administración habrá de corresponder la facultad de establecer libremente las condiciones de capacidad, las reglas para el nombramiento, ascenso y separación y cuanto más se refiera a los cargos de la Administración local, dotada por el presupuesto que ha de formar aquel Cuerpo, desde el de Director de Administración local hasta el más ínfimo de los que en aquel presupuesto tengan asignados sus haberes.

Y de ello no puede caber duda, porque según la base tercera del artículo 1.º de la Ley de 15 de marzo último, el Consejo acordará cuanto estima conveniente para el régimen en toda la Isla de los servicios que correspondan al presupuesto local; y en provisión de los cargos es parte esencial de ese régimen, para cuyo funcionamiento han de existir, porque la función reclama al funcionario.

Así se entendió desde un principio; así lo entendió el Partido autonomista al cooperar a la aprobación de las reformas y ofrecer su *sincero concurso para el sincero planteamiento de las mismas*, a que se comprometieron igualmente los dos partidos gobernantes de la Madre Patria. Así es de esperar que sea, en cumplimiento de ese compromiso.

Las facultades del Consejo sobre provisión de los cargos de la Administración local no han de tener más que una limitación, la Ley de Reformas dispone que el director general de Administración local debe ser un jefe superior de Administración, y el Consejo no ha de poder alterar este requisito. Pero fuera de esto todo lo que se refiera a aquellos cargos es de su privativa competencia.

Y merced a ella espera el país que será al fin satisfecha, en parte, una de sus más vivas aspiraciones que por virtud de los preceptos de la nueva Ley ha venido a concretarse en el sentido de que todos aquellos cargos, unos con la latitud que es usual en los del servicio civil, otro con el rigor de la oposición o de otros requisitos, que es propio de las funciones de la enseñanza y de otras de carácter técnico, se provean en Cuba, por el Gobierno general a propuesta del director de administración local y entre los Españoles residentes en la Isla. Lo uno, porque es el gobernador general quien por medio de su delegado, el director, ha de tener a su cargo los servicios de cuyas funciones se trata, y de los cuales ha de responder al Consejo el director; lo otro, porque la provisión de los cargos públicos entre los residentes es en las colonias el único, modo de que sea una verdad en la práctica la admisión de todos los españoles a las funciones públicas ya que en el orden natural de las cosas no han de ir, no pueden ir, no van, los habitantes de las Antillas a pretender y desempeñar los que radican en la Península.

Solo una excepción parece justificada por los altos intereses de la cultura pública; la de las Cátedras, en el sentido y al efecto de que haciéndose también los nombramientos por el Gobierno general y celebrándose en La Habana las oposiciones y concursos, sean admitidos a unos y otras todos los españoles, sea cual fuere el lugar de su residencia.

Pero bueno es que S. E. sepa que existe alguna desconfianza de que en el articulado para la aplicación de las Reformas, se atribuya al Consejo la facultad de ordenar y regular la provisión de cargos públicos; y el haberse convocado en estos días, después de promulgada la Ley Abarzuza, oposiciones en Madrid para una Cátedra de la Facultad de Filosofía y Letras de la Universidad de La Habana (convocatoria que ha causado penosa impresión y cuya suspensión sería, en concepto de la Junta, una prudente medida), parece justificar aquella desconfianza.

La Junta, empero, no participa de ella, porque fía en que la alta discreción del Gobierno le hará ver que si se defraudase la general expectación, en la materia de que se trata, y el director general de la Administración local hubiera de ser un empleado nombrado por el Ministerio y procedente de la Península y además hubieran de serlo también todos los otros funcionarios de la Administración local de la isla en todos sus ramos de Instrucción pública, Obras públicas, Comunicaciones, Beneficencia, Sanidad, etc., etc., resultaría limitado el alcance de las reformas, se trocarían en descontento muchas esperanzas, y podría sufrir quebranto la fuerza moral del Partido autonomista, que a la Nación y a los Gobiernos importa sostener en interés de la causa nacional.

Aun en cuanto a los cargos dependientes del presupuesto general del Estado en la isla, entiende la Junta que debieran proveerse por el gobernador general entre los residentes los que no fueran superiores a cierta categoría que se fijara y que debiera ser cuando menos la de jefe de Negociado de primera clase, aunque para ello hubiera que reformar o suspender por algún tiempo las disposiciones que para ciertos puestos exigen categorías o condiciones que no han podido adquirir la inmensa mayoría de los habitantes de la Isla.

Pudiera el Gobierno reservarse los cargos superiores, que se consideran cargos políticos de confianza, pero ¿no sería, político, no contribuiría a ganar voluntades, no causaría en la opinión un favorable efecto, que en la situación actual sería aún más apreciable, el que algunos de ellos se confiaran también por el Gobierno a los españoles residentes en Cuba;

es decir, lo mismo a los naturales de la isla que a los peninsulares en ella establecidos?

O significará la reforma una nueva política y un nuevo sentido en el Gobierno y administración de la isla, o no significará nada y no producirá los beneficiosos frutos que de ella esperamos. Y entiende la Junta que debe aplicarse con la amplitud y generosidad de miras proclamadas en los debates que precedieron a la nueva ley y llevándola a todas sus consecuencias.

Díjose entonces, en el Gobierno y en la oposición, por hombres caracterizadísimos de los partidos nacionales, que se quería dar a las Antillas la responsabilidad de su administración. No hay máxima de política colonial más sabia que esa: dar a las colonias la responsabilidad. Pero si no se llama a los habitantes de Cuba a las funciones públicas, tanto a las inferiores como a las más importantes y que más influyen en el desarrollo de la vida colonial, no será Cuba responsable. El partido autonomista, por lo menos, seguirá considerando a la Metrópoli investida de todas sus actuales responsabilidades en materia de administración y gobierno.

Esta cuestión de los cargos públicos tiene particular importancia en las colonias cuando llegan al grado de cultura que ha alcanzado Cuba, y que aquí la tiene mayor por la larga crisis económica y por los cambios que en los últimos años han sufrido todas las condiciones de la vida. Nada más doloroso para los colonos que verse alejados de aquellos cargos, cuando se sienten tan aptos para su ejercicio como los funcionarios procedentes de la Metrópoli; y este pueblo no se sentirá plenamente satisfecho, sean las que fueren las soluciones que obtengan sus demás aspiraciones, mientras que a los puestos que representan autoridad, influencia en la gestión de lo común, prestigio, sustento (que aun el sustento es cosa que no debe hipócritamente omitirse cuando se trata de problemas sociales, en los cuales es siempre atendible cuanto constituya medios de vida para las gentes); mientras a aquellos puestos, por altos que sean, no lleguen los que los merezcan entre los moradores de esta tierra. Hora propicia es esta para corresponder a su patriotismo y a sus merecimientos, y la Junta lamentaría que se desaprovechase, como tantas igualmente preciosas se han desaprovechado en nuestra historia contemporánea.

Por las mismas razones, y con el mismo criterio antes expuesto, opina la Junta que en los Decretos para la aplicación de las reformas debieran atribuirse al Consejo, de un modo explícito, ciertas facultades que lógicamente deben estimarse contenidas en el texto de la Ley de Reformas, como lo están en su espíritu, pero sobre cuyo ejercicio pudieran surgir debates o dudas que sería prudente evitar.

Tales son: 1.º la *facultad de contraer empréstitos* con cargo a los ingresos del presupuesto local, con lo cual, si se encontrare en estos conturbados días quienes prestasen, podrían fomentarse más y más las obras públicas, beneficiando al país y ocupando brazos cuya inactividad, justamente tenida como consecuencia de la crisis económica, podría ser a la larga peligrosa, y 2.º la *facultad de acordar las disposiciones que en materia hipotecaria, notarial, de procedimiento civil o en otros ramos de la legislación civil*, estime convenientes para el fomento de la agricultura, la industria y el comercio, cuyo desarrollo en tierras coloniales requiere mayor desahogo que el que consienten algunas disposiciones de las vigentes leyes.

Nada padecería, no ya la unidad política de la Nación, a la cual nadie, en estos tiempos entiende que puedan empecer ciertas diversidades locales y accidentales; pero ni siquiera la integridad del régimen colonial que se trata de instaurar, fundado en la más absoluta centralización en lo político, puesto que el ejercicio de aquellas facultades por el Consejo no había de afectar al orden político, como contraídas en su extensión y en sus fines al orden económico. Su concesión, en cambio, permitiría atender a necesidades que solo donde se sienten pueden ser atendidas con la perfecta congruencia entre la necesidad y el medio, sin la cual las reformas son inútiles, cuando no resultan perniciosas.

Bueno sería también, en concepto de la Junta, que en los puntos no resueltos en la Ley Abarzuza, *se aplicaran a Cuba los preceptos de la Ley Municipal de la Península en cuanto sean más expansivos que la que rige aquí.* Esta pretensión ha sido aceptada por todos los partidos cubanos en repetidas ocasiones, y muy señaladamente en los últimos debates parlamentarios, en los cuales, por cierto, se manifestaron todos deseosos de avances aún mayores en el orden Municipal, y muy señalada y vigorosamente los apoyó hombre de tanta autoridad como el señor Romero Robledo. Y puede realizar aquella medida el Gobierno al aplicar la Ley de Reformas, sin apartarse de su letra y secundando su espíritu, ya que habría de limitarse, como queda dicho, a los puntos en ella no previstos.

No reclamaron los Representantes autonomistas en las Cortes, que con tal fin se enmendara la redacción de la Ley de Reformas, tanto para no diferir su aprobación como por la seguridad que les dieron las declaraciones de los partidos de Gobierno de la Madre Patria, de que no dejaría de hacerse la aplicación de les preceptos antes aludidos, al establecerse el nuevo régimen. Y la considera interesante la Junta porque merced a ella pudieran introducirse algunas mejoras en el régimen municipal, como la provisión por los Ayuntamientos de todos los cargos dependientes de ellos, incluso el de Secretario; la facultad de asociarse dos o más Ayuntamientos para la construcción y conservación de caminos, establecimiento de guardería rural y otras obras y servicios que interesen a dos o más términos; y el carácter gratuito del cargo de Alcalde cual es en la Península y cual corresponde a una magistratura popular; medidas a las cuales debiera unirse la de aplicar al nombramiento de Tenientes de Alcalde las reglas que para el de Alcalde establece la nueva Ley de 15 de marzo último.

Fuera ya del contenido de esta ley y de lo que hace a su aplicación podría la Junta indicar a S. E. otras medidas que acogería con aplauso la opinión y contribuirían a darle alientos en estos tristes días; pero prescindirá de ellas en estos momentos por no ser fácil su realización o por relacionarse con problemas que requieren atención mayor de la que consienten las urgencias de la situación. Y se permitirá solo breves indicaciones acerca de dos puntos en los cuales, para influir favorablemente en la opinión, ya que no para lograr de momento resultados, bastarían simples decretos o declaraciones del Gobierno.

Refiérase uno de ellos al establecimiento en Cuba de ciertas carreras, hoy dificilísimas para los cubanos, del todo inasequibles para los más. El Consejo de Administración podrá, afortunadamente, crear, y creará sin duda alguna con la posible prontitud, la enseñanza de las los Ingenieros civiles, mecánicos, arquitectos, electricistas, agrónomos y otras que hoy no pueden cursarse en el país. Una vez creadas, los títulos que expidan las Escuelas insulares habrán de ser válidos, como los expedidos en las Escuelas de la Península, para todos los efectos legales, incluso para el desempeño de los cargos públicos, sea cual fuera el presupuesto de que dependan. De ello no cabe duda, porque no puede ser de otro modo; pero ¿no sería oportuno que se hiciera por el Gobierno, desde luego, y aunque sea innecesaria, la declaración de aquella validez, para que la juventud viera abiertos delante de sí nuevos caminos, las familias se sintieran más satisfechas y el país entero viera asegurado un beneficio y un progreso?

¿No convendría igualmente crear en Cuba, Escuelas militares con cargo a la Sección de Guerra del presupuesto general del Estado en la Isla? La carrera militar, además de abrir, como las otras, nuevos horizontes a la actividad humana, es propia, como ninguna, para avivar en los que la siguen el amor a la Patria, por cuya bandera viven y mueren. Y con tal fin convendría, no solo facilitarla a los cubanos, sino estimular a los oficiales que saliesen de las Escuelas de Cuba, y a los cuales no debiera obligarse a servir fuera de la Isla sino en caso de guerra, a que voluntariamente solicitaran en los primeros años de servicio sus traslación a la Península, donde se identificarían más y más con sus hermanos de armas, en la común consagración al culto de la Patria, del deber y del honor. No cabe en breves días establecer en Cuba escuelas militares de las distintas armas, pero cabe anunciar su próxima creación como un propósito de Gobierno, una esperanza más para los jóvenes y las familias, una satisfacción más para el país.

Esto se relaciona con otra materia de alto interés social, política y económicamente considerada: con la creación de un ejército colonial, reclutado voluntariamente entre los habitantes de Cuba, naturales y residentes. Dependiendo únicamente, como las demás fuerzas de mar y tierra, del gobernador general, y no excluyendo la presencia de las fuerzas del ejército metropolitano que el Gobierno considerase convenientes, nunca habría de ser motivo de alarma para los pocos que puedan acaso rehusar todavía a la confianza el lugar que en una buena política colonial debe asignársela. Y en cambio, un ejército de habitantes de la tierra, que solo en tiempo de guerra fuesen apartados de ella, que entre sus jefes y oficiales viesen a sus coterráneos, y cuyos Cuerpos llevasen nombres de hechos o de personajes cubanos o queridos en Cuba y ajenos a toda significación, que no fuese significación nacional, como los de Pepe Antonio, Velasco, Zanjón, Martínez Campos, Serrano, etc., etc., etc., ¿no sería al propio tiempo que fuente de economía, carrera para muchos hombres e impulso al sentimiento nacional?

El conjunto de medidas que queda indicado, realizadas inmediatamente las que puedan serlo, anunciadas las que no admitan tan breve resolución, o mucho se equivoca la Junta o no dejaría de producir un apreciable movimiento de satisfacción en la conciencia pública y de confianza en la Madre Patria, que si lo favorecía y alentaba una actitud de intachable y absoluta imparcialidad por parte del Gobierno entre los partidos locales (actitud que tendrá ocasión en que revelarse en las próximas elecciones y en el nombramiento de los quince Consejeros no electivos) traería consigo la conquista a la causa nacional de elementos apartados hoy de toda acción y toda influencia política y acaso la de algunos que solo simpatizan con el separatismo por desconfiar de la justicia de la Metrópoli. Aun entre los que no fuesen desde luego atraídos, ¡cuántos habían de sentir que su hostilidad cedía y que vacilaban sus actuales aspiraciones!

En cuanto a los elementos resueltos por la causa nacional, si las medidas que se adoptaran no habrían de influir en su actitud hostil a la insurrección, actitud de antemano y desde siempre claramente determinada, no dejarían de producir en ellos mayor confianza y viva satisfacción. De todo lo cual resultaría para la causa común y ante el separatismo armado una fuerza moral de positivo valor, que la Junta no cree prudente desaprovechar, sobre todo siendo tan fácil crearla y contar con ella.

En cuanto a la Junta y al Partido autonomista sean cuales fueren el aprecio que de estas indicaciones suyas se haga y las actitudes que en lo porvenir puedan imponerle respecto del actual Gobierno los desenvolvimientos de la política, *ni ha de estimarla en ningún caso ni en ningún tiempo su más eficaz concurso para combatir la insurrección y mantener la unidad nacional, ni se acerca a S. E. a pretender que so color de establecer el nuevo régimen, se altere y desfigure y falsee y se convierta artificialmente en el régimen más expansivo a que aspiren.*

El único fin de sus respetuosas indicaciones, es recomendar y obtener que dentro de las actuales condiciones políticas, dentro de las disposiciones de la Ley de Reformas y del sentido que las inspira, se haga como necesidad inexcusable y urgente cuanto pueda ofrecer satisfacciones a la opinión, remediar la crisis económica, dar facilidades a la producción y al fomento y atribuir al país toda la intervención posible en su administración.

Lo que cabe hacer dentro de aquellas condiciones no bastará a satisfacer las legítimas aspiraciones de Cuba, según nuestro Partido las entiende, ni a dar cumplida solución a los múltiples y arduos problemas pendientes; pero constituiría, si se hiciere, un progreso incuestionable, que el país sabría apreciar debidamente.

Aliéntese a la conciencia pública ante la rebelión que a todos amenaza; acúdase a lo más urgente y hacedero; opóngase a las sugestiones de la desconfianza y a las predicaciones del pesimismo el argumento irrefutable de los hechos; vea Cuba que es verdad que para ella se ha iniciado una nueva política y que la reforma del régimen colonial votada por las Cortes y sancionada por la Corona, *no será el solo cambio de unas leyes por otras*, manteniendo vivo el espíritu de las antiguas y coartando las naturales funciones de los organismos creados por las nuevas; establézcase y practíquese con la generosa largueza que donde quiera que hay hombres se gana los corazones; y obra será la que se haga, que acaso no aproveche menos para la pacificación actual de la tierra, y la normalidad de su vida futura, que la sangre generosa que en aras de la Patria común, derraman sus defensores en los campos de batalla.

Ha hecho alusión la Junta a la normalidad de la vida futura del país porque la estima tan interesante como la terminación de la rebelión separatista, Conviene, en efecto, que el orden de cosas que se establezca, por su equidad, por su amplitud y por la aceptación que logre, evite para siempre esas perturbaciones, desde mediados del siglo repetidas con tanta frecuencia que pueden considerarse crónicas, por las cuales se ponen en constante contienda la nacionalidad y porvenir de la Isla y sus más preciosos intereses morales y materiales.

La Junta espera que vencida la actual insurrección, el tiempo y los acontecimientos traerán con sus mudanza soluciones totales y definitivas para todas las necesidades y aspiraciones de Cuba, y que *entretanto, las naturales expansiones del nuevo régimen, si no se intenta imprudentemente contenerlas irán satisfaciendo las más apremiantes y moderando la impaciencia de las que no se sientan satisfechas.*

A esta otra cooperará, en cuanto consientan sus fuerzas, la Junta Central del Partido autonomista. Ella realzará como ha realzado siempre, el valor de las conquistas logradas; ella seguirá difundiendo el espíritu de tolerancia, de armonía y de fraternidad en que se ha inspirada toda su política; ella luchará esforzadamente, como hasta aquí, contra toda exageración y todo radicalismo. Procurará lealmente que el nuevo régimen rinda cuantas ventajas pueda ofrecer a Cuba; procederá, en fin, con toda la serenidad, toda la circunspección y todos los respetos que se imponen a quienes aspiran esperanzados a concurrir algún día al Gobierno de su país y tienen cabal conciencia de los deberes y responsabilidades de futura misión; y se esforzará por lograr que el Partido autonomista ocupe dentro del nuevo régimen la situación que en su concepto reclaman los intereses de la Nación y del país.

La Junta entiende, en efecto, que para que no se pierdan lastimosamente los benéficos frutos de los progresos realizados, *precisa que el partido autonomista ocupe, en cuanto se refiera a la Administración local, una situación enteramente igual a la de los demás partidos cubanos;* una situación que no sea ya, cual necesariamente debía ser en el antiguo orden de cosas, de constante y fundamental oposición, desligada de todo compromiso con el régimen imperante.

El Partido autonomista debe ser en el que está próximo a inaugurarse, ora el partido que rija la Administración local, cuando esté en mayoría en el Consejo, ora un partido de oposición local, en el sentido, con el carácter y con los compromisos con que en una legalidad común hacen la oposición los partidos de gobierno; un partido de oposición que sea -si vale aplicar al caso la sugestiva y gráfica expresión consagrada por los maestros del gobierno constitucional-, una oposición de S. M.

De esta suerte espera la Junta que se logrará y afianzará la paz moral, que no retoñarán funestas y ya desaparecidas divisiones, y que entre los hijos de Cuba, merced a los bienes y satisfacciones que del nuevo régimen reporten, se extenderá y acrecentará la adhesión a la Madre Patria, a quien los deberán y en quien hallarán su garantía. España a su vez, descargada de responsabilidades y cuidados que hoy le imponen constante preocupación y frecuentes perturbaciones, hallará en su propia obra la mejor recompensa de la nueva política emprendida.

Aquí terminaría la Junta sus indicaciones, si ante la inesperada gravedad que en los últimos meses ha adquirido la situación de la Isla, y que ha venido a dar urgencia y actualidad a todos los problemas pendientes, aun a algunos que habían quedado aplazados, no se creyese obligada a exponer a S. E. todos sus pensamientos respecto de los mismos, en cuanto puedan obtener soluciones compatibles con el régimen recientemente decretado.

Y por esta razón se permitirá llamar la atención de Su Excelencia hacia ciertas medidas que aunque no caben dentro de la letra de la Ley de 15 de marzo, *ni pueden por consiguiente, ser desde luego reclamadas y adoptadas, no se oponen al espíritu del régimen*; son perfectamente compatibles con él, porque no son exclusivas del gobierno autonómico, y cuando parecieren oportunas podrían ser objeto de nuevas resoluciones legislativas, sin alteración ni desviación de la política imperante.

Tal sería la atribución al Consejo de Administración *de mayores recursos y de mayor libertad para fijarlos, que los que le otorga la Ley de Reformas*; según la cual se reducen a los productos de bienes y establecimientos que los rinden escasos, y a los recargos que dentro de los límites que señalan las Leyes acuerde el Consejo sobre las contribuciones impuestos del Estado.

Tal sería también la atribución al mismo Consejo de la facultad de *formar los Aranceles de Aduanas de la Isla*, facultad que sin desatender los intereses de la industria de sus Metrópolis ha sido y es ejercida por las colonias autónomas y no autónomas de otras naciones, como sin desatender los de la industria peninsular la ejercería Cuba; pues no hay motivo ninguno para suponer y temer que la ejerciera inconsideradamente y más allá de los límites a que la misma Metrópoli habrá necesariamente de atenerse al reformar nuestro régimen arancelario, como impuestos con invencible exigencia por las necesidades de nuestro Tesoro y la de no cerrar nuestros puertos al comercio con el mundo y los del extranjero a nuestra exportación.

Tal sería, en fin, la *conversión del Consejo de Administración en un Cuerpo totalmente electivo*, para evitar que, con daño de la paz moral y del nuevo régimen, surjan desacuerdos y conflictos entre la mitad del Consejo procedente del nombramiento de la Corona y la mitad electiva, que por proceder del voto popular será en el orden moral y en la realidad de los hecho la genuina representación del pueblo de Cuba.

Aparte de que en materias administrativas no parecen precisas ciertas precauciones que en las políticas se reconocen generalmente como saludables, y se observan en casi todos los pueblos, no es lo mismo establecer dos Cuerpos, uno de los cuales, por su composición, ejerza una función moderadora de revisión respecto del otro, que mezclar en un solo cuerpo y en un mismo pie los elementos de distinto origen que han de componer el Consejo, de suerte que en lugar de ser siempre meramente moderadora, pueda ser directora y decisiva la del que no tenga origen popular.

Las medidas a que acaba de contraerse la Junta sino los impidiese el texto de la Ley de 15 de mayo mientras no se consideren oportunas y se decreten en nuevas leyes, serian de las que lograron mayor aplauso, producirían mejor resultado en lo político y lo económico, y removerían para siempre les causas de descontento. Por fortuna, ya que no en cuanto a la demás, cabe en cuanto a la que se refiere a la composición del Consejo, que los hechos, en defecto de nuevas disposiciones legales, atenúen en gran parte los inconvenientes cuya posibilidad se ha indicado. Cabe, en efecto, que al hacer los nombramientos de los quince Consejeros no electivos, el Gobierno, deponiendo todo interés de partido y todo propósito de influir en la futura acción del Consejo, dé a las distintas fuerzas políticas del país tal respectiva representación, que no puedan, en mucho ni en poco, creerse postergadas o desatendidas las que por su real preponderancia se consideran con derecho a una crecida representación. Cuáles sean ellas, ya que no el censo electoral, limitado por la cuota tributaria y no extensivo a todos los ciudadanos, lo revelarán al ojo avizor de los hombres de Estado el estudio de la historia del país, la estadística, las leyes naturales que rigen los sentimientos y las ideas de los hombres, el trato con los gobernados, la conducta y las actitudes de unos y otros, la índole de los intereses y las necesidades, los cien datos que en todas partes guían a políticos y gobernantes en sus exploraciones sobre la opinión de los pueblos.

Y de tal suerte, y *ya que tampoco sea hacedera de momento y no quepa esperar de la actual situación política una expansiva reforma electoral*, además de compensarse la deficiencia de la representación popular en el Consejo y de prevenirse los conflictos que de su composición pueden derivar, algo se calmará el descontento que ha quedado en numerosos elementos de la población cubana por no haberse efectuado aquella reforma, inútilmente reclamada por el Partido autonomista cuando se decretó la del gobierno y administración de la isla: y el Consejo a quien ha confiado la soberanía de la Nación, la administración colonial y en quien se cifran tantas esperanzas, comenzará su obra con mayor prestigio, mayor fuerza acompañado de más calurosas simpatías y rodeado de más risueños augurios.

Así contribuyan a realizarlos el patriotismo y el acierto de todos los que han de intervenir en la instauración y funcionamiento del nuevo régimen.

La Habana 4 de mayo de 1895.

El presidente, José María Gálvez.
El secretario, Antonio Govin.

Exposición dirigida al Gobierno de la Nación por la Junta Central del Partido Autonomista de Cuba

Es deber de todo ciudadano, y por tanto, de todo partido político, contribuir con sus mayores esfuerzos a mantener la paz pública, y a restablecerla cuando fuere perturbada.

Así lo ha entendido y practicado siempre desde su constitución el Partido Liberal Autonomista de Cuba; y en las circunstancias difíciles porque atraviesa la Isla, la Junta Central del mismo se cree obligada a elevar su voz directamente al Gobierno Supremo de la Nación para darle a conocer sus opiniones respecto del estado del país y de los medios que puedan ser eficaces para restablecer la paz y hacerla definitiva e inalterable. Que si en todo tiempo es necesario para el acierto de las resoluciones que adopten los Gobiernos, el cabal conocimiento de todas las circunstancias y todos los pareceres, ¿cómo no ha de serlo en una situación anormal y de todo punto extraordinaria?

No cabe afortunadamente dudar de que en plazo más o menos breve será vencida la insurrección que devasta los campos de esta Isla y se alcanzará la paz material; pero cree la Junta, y es deber suyo decirlo, *que la hermosa paz moral*, la mayor ventura de los pueblos, *solo podrá obtenerse y conservarse por el empleo de medios políticos que eviten la reproducción de sucesos tan dolorosos* y que tan hondamente afectan los intereses morales y materiales de esta tierra y de la Madre Patria.

Solo una corta minoría del pueblo cubano ha sido partidaria de su separación de España, pues la inmensa mayoría creyó siempre que *es la libertad, en el seno de la civilización y la riqueza*, el fin a que deben aspirar todos los pueblos, y que el medio de conseguirla en Cuba *es la autonomía colonial bajo la soberanía de la Nación* que la descubrió, pobló y civilizó. Esa ha sido la tradición constante de esta colonia desde principios del siglo, pues si en 1868 y ahora se han blandido y blanden las armas en favor de la separación, se ha debido a causas múltiples, cuya dilucidación no sería propia de este documento, y acaso haya de quedar reservada en mucha parte al juicio imparcial de la Historia.

Es indudable que la insurrección actual ha sido preparada e instigada desde el extranjero por hombres que en su mayoría carecían de intereses en esta Isla o que la desconocían en absoluto por su prolongada ausencia de la misma, ajenos a sus necesidades y de sus aspiraciones divorciados; pero es indudable también que el movimiento insurreccional no hubiera tomado el desarrollo e importancia que hoy reviste, a pesar de la oposición de la mayoría del país, de los grandes sacrificios realizados, de la abnegación y esfuerzo del ilustre general que nos gobierna, si sus instigadores no hubiesen encontrado en las circunstancias políticas, económicas, administrativas y sociales del país, elementos aprovechados con su astucia para su tenaz propaganda.

La fuerza de las armas *bastará para arrancarlas a los que las han empuñado; pero dejará latentes las causas de perturbación que han concurrido evidentemente a la gran subvención del orden material y moral que sufrimos, y cuya remoción importa tanto o más que la terminación de la lucha.*

Todos los habitantes de esta Isla están acordes en considerar grave y peligrosa la situación actual. Ardiendo en guerra las provincias de Santiago de Cuba, Puerto Príncipe y Santa Clara; sumamente agitada la de Matanzas, en que suelen aparecer algunas partidas insurrectas; populando gavillas de bandidos en ella y en las de Pinar del Río y La Habana; sin mercado para nuestro tabaco, nuestros aguardientes y alcoholes; ruinosos los precios del azúcar, nuestra principal producción, al extremo de no poder cubrir sus costos; imposibilitadas casi en absoluto sus faenas agrícolas, ya por la inseguridad de sus campos, ya por la falta de recursos de los hacendados y colonos; clamando por trabajo los braceros, sin que los más lo obtengan ni aun por el preciso sustento; perdido por completo el crédito dentro y fuera de Cuba; abatido el comercio y paralizados, en fin, los negocios, es imposible que esta situación continúe sin que nos lleve en término muy breve a la más espantosa bancarrota, a la miseria, al hambre, a la despoblación.

Las causas de la insurrección de 1838 fueron más políticas que económicas; y son tanto económicas como políticas las que han contribuido, si no a la iniciación, al incremento de la actual. Prevista fue aquélla por el ilustre hombre público que hoy preside los destinos de la Nación; y si el Gobierno que siguió al que había convocado la Junta de Información no hubiera desatendido sus recomendaciones, habríase evitado sin duda la cruenta guerra de diez años que costó doscientas mil vidas y más de setecientos millones de pesos, sin contar el valor de las propiedades destruidas, y cuyas consecuencias son todavía onerosísima carga para nuestros hombros.

Terminada por la paz del Zanjón, y devuelta Cuba a la vida constitucional, se organizó el Partido liberal con objeto de recabar un régimen análogo al que había solicitado la mayoría de los Comisionados en la Junta de Información, y basado en los principios que venían invocándose en esta isla desde los comienzos del siglo: la autonomía colonial en toda su pureza, tal como la ha definido y demandado en su programa, en sus circulares y en otros documentos, cual única fórmula de armonizar los intereses de la Metrópoli y la

Colonia y de cimentar la unión de ambas en la justicia y concordia.

Diecisiete años de continua lucha lleva el Partido Liberal. Logró reunir en torno a su bandera la inmensa mayoría del país para la defensa de las tres bases esenciales de su programa: *la unidad nacional, la paz y la autonomía colonial.* Durante todo ese tiempo ha opuesto su fe, su sinceridad, su constancia y su disciplina, a todo intento de alteración del orden; al paso que advertía también constantemente a los Poderes públicos las graves consecuencias económicas y políticas que habría de producir el no satisfacer las necesidades del país.

Mientras fue general la confianza en una política liberal y progresiva que pudiera algún día culminar en la aceptación del programa autonomista por la Metrópoli, resultaron inútiles los esfuerzos de los revolucionarios para turbar la paz; pero cuantas veces hubo motivo para que aquella confianza decayera, consiguieron más o menos prosélitos para su causa.

Público y notorio es que hace pocos años tomaron incremento sus trabajos y sus esperanzas, ayudados por las dificultades, cada día mayores, de la situación económica; pero lo es igualmente que al presentarse al Congreso de Diputados en junio de 1893 un proyecto de reforma política y administrativa, *que aunque no satisfacía las aspiraciones del país, representaba una nueva política y hacía presentir mayores progresos,* los mismos que en el extranjero conspiraban suspendieron sus trabajos, confesando que aquel proyecto era un golpe mortal para sus intentos; mientras que el pueblo de Cuba, en la calurosa y nunca igualada ovación con que acogía al anterior gobernador general en su viaje por la Isla y aclamaba en su persona a la política que representaba, nuevamente demostraba —como ya había demostrado con su actitud ante la vana intentona de Purnio— *que no era la guerra, sino la paz, que no era la ruptura del vínculo nacional, sino la reforma del régimen colonial, su más sentida y ardiente aspiración.*

Pero no tardaron en variar las circunstancias. Entre la oposición de unos y la vacilación de otros hiciéronse dudosos, por largos meses, el éxito y el definitivo alcance de la reforma. Los separatistas, creyendo en su fracaso y propagándolo a todos los vientos, estimaron propicia la ocasión para reanudar sus pertinaces empeños, y cuando fue patente al fin que se aprobaría como en 13 de febrero aprobó el Congreso la debatida Reforma, precipitaron el movimiento en previsión del fracaso preparado, y lo iniciaron a los pocos días, el 24 del mismo mes, aprovechando el desconocimiento de los términos exactos de la nueva ley, que no habían podido llegar a Cuba y presentándola como el falseamiento del primitivo proyecto y como un triunfo de los que a él se oponían y una derrota de los que la sustentaron.

La insurrección, empero, quedó por entonces limitada a una porción de la provincia de Santiago de Cuba, contenida en gran parte por la oposición del Partido liberal, *que conservaba intacta su autoridad moral y repetía que las reformas políticas, poco después votadas por el Senado y sancionadas por la Corona, no eran un engaño, sino un gran progreso, no eran un fracaso sino señalada conquista de las aspiraciones liberales y aseguraba que no tardaría en seguir las saludables reformas económicas.*

Desgraciadamente, y aunque otra cosa hicieron creer las declaraciones de los hombres políticos más importante de la Metrópoli y del preclaro caudillo a quien se confirió, ante la general expectación, el Gobierno de esta Isla y el mando de su ejército, ni se aplicaron, en los meses transcurridos, las suspiradas reformas políticas, ni se apresuraron las soluciones que hacía esperar la constitución, bajo el anterior Gobierno, de la Comisión Arancelaria de las Antillas.

Dictáronse, en cambio, con asombro y disgusto del país medidas de gobierno y administración contrarias al espíritu de la nueva Ley; y entretanto la insurrección se extendía a Puerto Príncipe, y Santa Clara y tocaba a las puertas de Matanzas.

Pero no todos los que con las armas con sus recursos o con su propaganda combaten la soberanía española, son separatistas intransigentes e irreductibles, a quienes lancen contra España antigua hostilidad y antiguos compromisos. Los que por ellos movidos acaso no renunciarán jamás al ideal separatista, fueron los que prepararon el movimiento. Pero a ellos se unieron, con sorpresa del país y probablemente con sorpresa de ellos mismos, considerables elementos hasta entonces exentos de todo compromiso.

Cuéntanse entre ellos los hombres, que nunca faltan en ninguna perturbación, a quienes incitan pasiones que contenidas en la normalidad de la vida por no encontrar en ella fácil alimento, se desatan y desbordan en cuanto se lo ofrece el desorden. Aumentaron otros las partidas rebeldes llevados de la irreflexión y arrebato de los pocos años, por falaces predicaciones explotados. Unos se levantaron desconfiando de la aplicación de la Reforma, o de que se le diera leal interpretación en el articulado y en la práctica. A otros arrastró la creencia de que, aún practicada con sinceridad y llevada a todas sus consecuencias naturales, sería ineficaz por el olvido en que dejó problemas de tal entidad como el régimen arancelario. A otros los empujaron los apremios de una situación económica tan angustiosa y desesperada cual jamás se había conocido en Cuba.

Más o menos, esas y otras causas han concurrido a nutrir las filas insurrectas y a mantener alejadas de toda acción y exentas de toda disciplina política y en dañosa indiferencia, a gentes cuya simpatía y cuyo apoyo no sería difícil conquistar.

Algunas de aquellas causas pueden ser prontamente removidas, y a todas podrían y deberían oponerse fuerzas morales, mientras se oponen las armas a las armas. Así por lo menos lo ha entendido la Junta Central desde los primeros días del movimiento insurreccional, y a principios de mayo dirigió al gobernador general, rogándole que si las creía, oportunas las sometiera al Gobierno de S. M., algunas consideraciones en un Memorándum consignadas a recomendar las medidas económicas y políticas que en su concepto podrían concurrir, junto con la fuerza material, a la pacificación del país.

Indicó la Junta en primer término, entre aquellas medidas, la inmediata adopción de los acuerdos en que convinieron, en las reuniones celebradas en Madrid bajo la presidencia del actual ministro de Gracia y Justicia y Justicia, los diputados cubanos de todos los partidos.

Solicitó después la inmediata aplicación de la Ley de Reformas, con un sentido expansivo que hiciera efectiva la atribución a la Isla de la responsabilidad de su administración interior, mediante la franca extensión de las facultades del Consejo de Administración a todo lo que se refiera a los servicios declarados locales y muy especialmente a las reglas de provisión todos los cargos públicos correspondientes a los mismos, a la facultad de contratar empréstitos para atenciones coloniales y a la de estatuir sobre ciertos ramos estrechamente relacionados con la agricultura, la industria y el comercio, y mediante el ejercicio de la administración por aquel de los partidos locales que tuviere mayoría en el Consejo; de tal suerte, que en cuanto toque a la administración local, según la ha deslindado la Ley de Reformas, «entienda Cuba, desde el primer momento, con absoluta seguridad y sin el menor motivo de recelo, que ella y solo ella la regirá en todas sus partes con arreglo a sus conveniencias por ella misma apreciadas, y que en ninguna materia, en ningún caso y por ningún motivo, habrán de cohibir o perturbar su libre acción, las ingerencias del Poder central o de sus representantes».

Expuso, en fin la Junta, que aun en lo relativo a los asuntos que considerados como nacionales reservó la Ley de Reforma a la directa gestión de la Metrópoli, debieran en su concepto confiarse a los habitantes de la Isla las funciones públicas, y proveerse en la misma Isla y por el gobernador general todos los empleos hasta determinada categoría.

Ninguna de esas medidas requiere nuevo proceso legislativo, lo cual constituye una singular ventaja por hacer posibles inmediatas y satisfactorias soluciones. Pero el régimen estatuido por la Ley de Reformas tiene grandes y sensibles deficiencias; *entre ellas la de apartar a la colonia de toda intervención directa en la formación de sus Aranceles de Aduanas, la de reducir a determinadas categorías los ingresos del presupuesto local, y la de contrariar la aspiración dominante en los elementos liberales de asegurar, mediante su carácter electivo, el valor representativo del Consejo colonial.* Y la Junta Central en el documento a que ha aludido recomendó también que en esos puntos fuera enmendada la Ley.

La Junta Central, en quien nunca han dominado fanatismos de escuela, aunque estima superiores a cualesquiera otras las soluciones del programa autonomista, que por esta razón profesa, no podía desconocer el de aquellas que, cual las que deja indicadas, convengan con sus principios, aunque solo constituyan una parte de los que integran dicho programa.

Si todas aquellas medidas hubieren sido adoptadas; si *fuere un cuerpo electivo el Consejo de Administración* o cuando menos se hubiere atenuado por acertados medios el defecto de que adolece la composición que le dio la nueva Ley, y de uno u otro modo resultare un cuerpo realmente representativo de las aspiraciones e intereses de esta sociedad; si se *respetaren las amplias funciones estatutorias y fiscalizadoras* que asigna el texto legal y sobre todo si se extendieren a la *formación de los aranceles de aduanas* y se le otorgare plena *libertad de determinar los ingresos del presupuesto local*; si fuere efectiva *la responsabilidad del director general de Administración ante la Colonia*, y con más ventaja, si a la par de ella y por desenvolvimientos que en verdad no impone, pero tampoco impide, la Ley de Reforma, se *estableciere la responsabilidad de los jefes de los distintos servicios o departamentos de la Administración local*, se habría fundado con más o menos perfección, en cuanto a los ramos a ella atribuidos, un régimen de descentralización y de responsabilidad del gobierno colonial parecido al que forma parte sustancial del programa autonomista. Y no solo prepararía su establecimiento la definitiva constitución de este pueblo, sino que habría creado una fuerza moral que frente a la insurrección separatista favorecería la causa nacional.

Como lo entiende lo dice la Junta Central. Pero con igual sinceridad y ante la mayor gravedad que en los últimos meses ha revestido la situación política y económica, ha de llamar hacia ella nuevamente la atención del Gobierno de S. M.

Todos los problemas pendientes de solución, aun los que al decretarse la creciente reforma legislativa quedaron, no abandonados (porque el Partido Liberal Cubano declaró que, estimándola deficiente, seguiría manteniendo la integridad de su programa) pero si por tácito consentimiento aplazados, han sido planteados de nuevo, no por voluntad de los partidos, sino por la fuerza superior e incontrastable de los acontecimientos.

Ellos han avivado y exaltado la impaciencia de algunos elementos sociales; ellos han agravado la crisis económica y financiera que nos abruma, ya produciendo gastos enormes a que habrá de responder un porvenir no remoto, ya porque matando el crédito, cohibiendo la iniciativa y haciendo imposible la vida de los campos, han reducido la producción, con la destrucción de numerosas fincas y de la mayor parte de nuestra riqueza pecuaria; ellos han traído inmensa ruina sobre las tres provincias orientales; y ellos harán necesaria en breve tiempo soluciones que de otra suerte hubieran podido dilatarse y esperar el natural resultado de las evoluciones que en el nuevo régimen se hubieron operado.

Previstas y preparadas fueron esas evoluciones por la sabiduría y perspicacia de los legisladores. Al crear en la Ley de Reformas un Cuerpo representativo, estatutorio y fiscalizador, y al establecer la responsabilidad de la administración activa y la comparecencia ante el Consejo de Administración de los Jefes de los servicios administrativos echaron los cimientos de una obra política, cuyo coronamiento había de ser, lógicamente la Autonomía parlamentaria, en toda la extensión que consienten las condiciones: propias del estado colonial.

El Partido Liberal Cubano, partido de evolución y de concordia, que ni ha aspirado jamás a levantar improvisadas y mal dispuestas estructuras, ni ha pretendido que sus soluciones se realizaran como imposición y triunfo de unos sobre otros, sino con el común asenso de la mayoría de los elementos políticos de este pueblo, disponíase a proseguir las patrióticas campañas a que se ha de consagrar hasta que llegue para él la plenitud de los tiempos.

Mas la situación política y económica, contra todas sus esperanzas y deseos en mal hora creada, aconseja más rápidas mudanzas que las que todos creímos. No al Partido Liberal, que hoy, como siempre, mantiene íntimo su programa; sino a los altos Poderes de la Nación, toca apreciar si la intensidad de los males públicos, los peligros que para el porvenir, y aun después de lograda la paz, amagan al país, y el hondo afán con que algunos de sus elementos sociales reclaman como ya urgentes, remedios que hasta hace poco no estimaban de inmediata necesidad, habrán de imponer, como prudente política, la realización de mayores avances y cuál deba ser el punto a que estos lleguen.

Aunque en ningún caso han de variar los procedimientos, y la actitud ya tradicional del Partido liberal autonomista, desde su fundación en las más varias situaciones sostenidos y recientemente ratificados en el Manifiesto de 4 de abril y en el Memorándum de 7 de mayo, y aunque no desconoce la Junta Central que hoy por hoy ni son propias las circunstancias ni existe toda la preparación conveniente para realizar algunas soluciones de su programa, como las que confieren al Gobierno local responsable ciertos servicios relacionados con la pública seguridad y las que establecen la participación de la Metrópoli y de la Colonia en los gastos públicos de carácter nacional; no han de obstar estas consideraciones a que se haga eco la Junta de las crecientes angustias de nuestra situación y de los clamores de una parte considerable de este pueblo, clamores que nunca es prudente que desdeñen los partidos, ni han de obstar tampoco a que recuerde que no están en igual caso otras soluciones.

Tales son, por ejemplo, la aplicación de las reformas ya decretadas y promulgadas en términos que aseguren la representación de la Colonia, la responsabilidad del Gobierno local y la plena e ilimitada competencia colonial en la administración interior.

La ampliación de dichas reformas en el sentido, perfectamente compatible con sus principios fundamentales, de hacer al Consejo de Administración totalmente electivo, de dejarle en libertad para determinar los ingresos del presupuesto local, y de otorgarle la formación de los aranceles de aduanas con sujeción a un margen de moderada protección en beneficio de la producción nacional.

La atribución al Gobierno general de la facultad de proveer todos los cargos públicos de la Isla sin más excepción que los de las superiores categorías de la administración general; y otras medidas a cuyo examen sería inoportuno descender, que acomoden cumplidamente a las condiciones propias de un régimen más amplio las instituciones creadas por la Ley de Reformas y garanticen la eficacia de la Administración local y su independencia del poder central sin más salvedad que el recurso extraordinario de queja y la alta inspección del Ministerio de Ultramar, reducidos uno y otra a los limitados efectos que les señala la Ley de Reformas.

Entre los mismos asuntos que no ha asignado la Ley a la Administración local, hay algunos que sin detrimento ni riesgo de los intereses nacionales, cual los aprecian y estiman prudente defenderlos las escuelas más apartadas de todo radicalismo, pueden ser a ella atribuidos; y en cuanto a alguno de los mismos, como el Patronato de Indias, ofrece la colonización española contemporánea el notable precedente de la Ley de Gobierno y Administración de Puerto Rico de 28 de agosto de 1870, que otorgó a la Diputación provincial la facultad de proponer en terna para los cargos eclesiásticos de aquella Antilla.

Mientras se extienda la insurrección por gran parte de la Isla no han de ser hacederas la constitución del Consejo de Administración por medio de elección popular, ni algunas de las reformas que dependen de la existencia y función de aquel Cuerpo. Pero no impide aquella circunstancia el advenimiento de otras, en las cuales puedan ver desde luego con satisfacción y confianza cuantos residen en Cuba prenda segura del régimen que deba gozar la isla.

De todos modos, no hay ya quien no reconozca que cuando se alcance dichosamente la paz habrá que establecer, si ya no se hubiese hecho, un nuevo régimen destinado a cerrar para siempre la luctuosa historia de las insurrecciones separatistas en Cuba y a hacer indestructible en la común satisfacción su unión con la Madre Patria.

¿No será una política tan sabia como generosa la que se anticipe a realizar hoy lo que no pueda excusarse mañana y utilice para la pacificación lo que la pacificación de todas suertes deba traer consigo?

Hoy que ha acopiado España, en grandioso alarde que a los ojos del mundo la enaltece, poderosos medios en que se cifran justamente firmes esperanzas de prontas victorias, ¿no sería nobleza y generosidad insignes la restauración de las reformas necesarias?

Lo que a la debilidad pudiera tal vez ser penoso, es íntimo y profundo regocijo para la conciencia del que se siente fuerte.

Y por esto no teme la Junta Central que la maledicencia intente desnaturalizar los móviles que hoy la animan, aun sin considerar que su conducta durante los diecisiete años que lleva de existencia respondería victoriosamente a la malicia de sus detractores. Durante todo ese tiempo ha venido sosteniendo un día y otro la Autonomía Colonial y las demás soluciones que constituyen su programa, ya en gran parte realizadas y que en otra parte han sido aceptadas por la Ley de Reformas: y hoy ni viene a *emprender rumbos distintos de los que hasta aquí ha seguido y de los cuales jamás se ha de aportar, ni se hace la ilusión, que ella sería imperdonable torpeza de creer que por la sola adopción de las soluciones que sustenta, deba extinguirse cual por obra de milagro un movimiento de rebeldía,* cuyo fin es contrario a la aspiración fundamental del partido autonomista, cifrada en la conservación de la unidad nacional.

Viene solo la Junta Central a exponer una vez más los juicios que le inspira la situación del país y la confianza que abriga de que una política expansiva y liberal, vigorosa y francamente aplicada —y cuyas fórmulas más eficaces no necesitan decir que en su concepto son la *autonomía colonial* y las demás soluciones del programa que defiende, tanto por su valor político como por los efectos que en el orden moral, en el social y en el económico habrían de producir— restaría fuerzas al movimiento insurreccional, precipitaría su declinación y su término y con ella podría España librar a sus hijos de Cuba de la ruina en cuyo borde se hallan y mantenerlos unidos y libres en el seno de una sociedad civilizada, para su propia felicidad y para gloria de la nación que le dio el ser.

La Habana
Septiembre 18 de 1895.

El presidente: José M. Gálvez.
El secretario: Antonio Govin.

La Junta Central del Partido Liberal Autonomista al país

Aunque condenada a extinguirse la tentativa revolucionaria, aislada ya y comprimida en la Provincia Oriental, ha suscitado dificultades políticas y económicas de tal gravedad para el presente y el porvenir, que a pesar de su verdadera impotencia ha conseguido a favor de fabulosos relatos causar intensa emoción en la Península y desconfianza natural en los países que con el nuestro comercian.

No sería extraño que repercutiendo en Cuba esas impresiones, se produjesen aquí, como suele en tales casos acontecer recelos y alarmas en los ánimos desprevenidos, y alguna confusión en los espíritus vacilantes. A éstos queremos dirigirnos para calmar su inquietud, para desvanecer sus dudas (no para hacer nuevas declaraciones o protestas innecesarias), los que ya habíamos manifestado nuestros propósitos y fijado nuestra actitud, no solo desde el primer anuncio de la actual perturbación, sino desde que a la sombra de la paz, después de una desastrosa contienda, formamos una agrupación política que ha trabajado muchos años para evitar futuras discordias y quitarles justificación y pretexto.

Al Partido Autonomista, depositario de las esperanzas e ideales del pueblo cubano, encarnados en la fórmula más depurada y más persistente de su historia política, y único partido de razonada oposición organizado en este país, le importa decir con franqueza lo que piensa, y en cuanto de sí dependa, unificar la opinión y el sentimiento de todos los que tienen fe en su lealtad y confianza en su patriotismo, en estos momentos en que si el Gobierno supremo hace esfuerzos extraordinarios para ahogar en su cuna la rebelión, el país entero y los que genuinamente pretenden representarlo, deben también por su parte ayudarlo a mantener el orden y a defender los intereses comunes.

Además, las circunstancias son verdaderamente excepcionales. La perturbación ha surgido en el momento de establecerse un orden de cosas al cual han contribuido con pureza y rectitud de intenciones nuestros Diputados y Senadores. El Gobierno que presidió a esta obra de paz no es el que va a plantearla. La situación económica, gravísima por efecto de causas ajenas a la acción de los gobiernos, se complica con los gastos y las zozobras de la guerra, en el instante en que un acuerdo feliz entre los Representantes de los distintos partidos locales, parecía asegurar en breve término a nuestras amenazadas fuentes de riqueza los limitados auxilios que en crisis tan honda pueden tan solo ofrecer los Poderes públicos, disimulando la iniciativa individual y el fecundo principio de asociación, que únicamente podrían, al cabo, salvarlas.

Aún sin haber sonado el grito de insurrección, torpemente proferido desde el extranjero, con riesgos de ajena vida y daño de ajenos intereses, por un grupo de conspiradores, irresponsables de hecho, que han vivido muchos años lejos del país, cuyo verdadero estado desconocen, y al que pretenden librar de males que no han querido compartir, como no compartirán hoy tampoco los que traiga su descabellada y culpable intentona, ni quizás les peligros en que envuelvan a los obcecados instrumentos de su locura; aún sin que este trastorno del orden público hubiese amenazado los intereses fundamentales y el porvenir de esta sociedad, la Junta Central habría cumplido el deber de dirigir su voz al país en víspera de inaugurarse un nuevo régimen a cuya creación han cooperado sus representantes parlamentarios, en medio de una atmósfera de benevolencia y de concordia que ellos *no habían encontrado jamás en la Metrópoli*, y de que querían dar leal testimonio ante sus conciudadanos, porque si ese cambio en la disposición de los ánimos demuestra que empiezan a desaparecer en grandísima parte, los recelos y los obstáculos con que tantas veces tropezaron las reformas coloniales, justo es y conveniente hacer constar, que el verdadero país cubano, a despecho de los emigrados conspiradores, sabrá corresponder a esta rectificación de la política tradicional, si el Gobierno la mantiene *en el mismo espíritu de concordia y de confianza que te dio origen.*

Pero es incuestionable que la actual perturbación a todas las demás cuestiones se sobrepone y a todas ha de trascender necesariamente. Aun en el probable caso de que la rebelión quede pronto sofocada con el concurso decidido de la opinión, sus perniciosos efectos habrán de durar largos años.

En lo político, se han despertado recelos y suspicacias que en mucha parte habíamos logrado desarmar. En lo económico ya se ha inferido al crédito un daño irreparable, y se han acrecentado las dificultades que impedían reconstituir el capital circulante, haciendo inevitables grandes recargos en los impuestos y aumentando así las desventajas que abruman a nuestra producción en su competencia con la extranjera. En nuestro régimen fiscal, no es posible prever hasta dónde podrán llegar el aumento de los gastos y la agravación de las cargas públicas.

El Partido Liberal Autonomista *que ha condenado siempre los procedimientos revolucionarios*, con más razón y energía había de condenar y condena la revuelta que se inició el 24 de febrero, cuando acababa de votarse con el concurso de sus Representantes en Cortes una reforma orgánica cuya importancia no es necesario exagerar. La han reconocido cuantos la juzgan sin prevención ni malicia, y hasta los mismos que con tan fiero apasionamiento la combatieran.

El Partido Liberal Autonomista condena todo trastorno del orden, porque es un partido legal, que tiene fe en los medios constitucionales, en la eficacia de la propaganda, en la incontrastable fuerza de las ideas, y afirma que las revoluciones, salvo en circunstancias enteramente excepcionales y extremas que se producen muy de tarde en tarde en la vida de los pueblos, son terribles azotes, grandes y señaladas calamidades para las sociedades cultas, que por la evolución pacífica, por la reforma de las instituciones y los progresos y el empuje de la opinión llegan al logro de todos los fines nacionales y de todas sus aspiraciones legítimas.

Pero además, *nuestro Partido es fundamentalmente español, porque es esencial y exclusivamente autonomista. Y la autonomía colonial, que parte de la realidad de la colonia, de sus fines necesidades y peculiares exigencias, propuso también la realidad de la Metrópoli en la plenitud de su soberanía y de sus derechos históricos.*

Por eso desde que nació nuestro Partido inscribió en su bandera como lemas la *libertad, la paz y la unidad nacional*; y no ha consentido jamás sino estimado como injuria de sus enemigos, con indignación rechazada siempre que se pusiese en duda la sinceridad de su adhesión a esos lemas invariables, que juntos constituyen su programa y que no pueden repararse sin hacerse pedazos.

A esos principios, a su recíproca compenetración y armonía se ha consagrado nuestra labor; para mantenerlos sin vacilaciones ni desmayos vinimos a la arena política; y desde entonces, cien veces hemos declarado *que cuando viésemos palpablemente la imposibilidad de mantenerlos, con decoro y con esperanza, no renegaríamos de ellos, ni aún en tan extremo caso, sino disolveríamos nuestra hueste.*

En la sinceridad de las afirmaciones y en la firmeza de su conducta libran su honor y su crédito los partidos. Las más injuriosas imputaciones de nuestros adversarios quedarían justificadas si en los momentos mismos en que *reservando nuestro inquebrantable culto a la autonomía colonial en toda su pureza*, prestábamos explícito concurso a la instauración de un nuevo régimen insular basado en los principios de especialidad y descentralización que siempre hemos sustentado, fuésemos tan débiles o tan desleales que flaqueásemos ante una anónima e incalificable algarada en que no se sabe siquiera lo que en realidad se pretende, pues ha tenido *vivas* para todas las causas y banderas para todas las rebeldías.

El Partido Autonomista cumple honrada y virilmente su deber, oponiendo a la audacia de las facciones, como tantas veces opuso a los errores del Poder su constante divisa: *Orden y libertad*.

La revuelta los amenaza conjuntamente. Conviene que esta triste verdad se diga: solo contra los partidos liberales y contra su acción saludable y fecunda pudiera aquella tener eficacia y fuerza.

Ese movimiento que ha traído ya la suspensión de las garantías constitucionales, imposibilitando el ejercicio de las libertades que habíamos conquistado, tan amplias que han podido usar de ellas a su sabor los mismos fautores del desorden para sus fines, no nos han hecho retroceder al *estado de sitio* con todas sus consecuencias porque el ilustre gobernante a cuya templanza y serena energía debe Cuba profundo agradecimiento conservó y comunicó al Gobierno Supremo la confianza merecida por la sensatez de nuestro pueblo, y quiso que las libertades públicas no cediesen, sino en lo estrictamente necesario a los fines de la represión.

No hay quien no acepte como justo este homenaje de gratitud, sean cuales fueres las opiniones que se profesen. Mas con eso y todo, no cabe negar que por obra del movimiento insurreccional las garantías de la Constitución (cuyo valor y eficacia han puesto de manifiesto los mismos separatistas con las exageraciones de su desconsiderada propaganda), a las que nunca faltó el amparo de las leyes que estaban comprometiendo y desacreditando han quedado en suspenso y a merced de las autoridades militares, afortunadamente guiadas hoy por las inspiraciones de una política previsora y humana.

El nuevo orden establecido por las Cortes, que inaugurado en plena paz y en medio de la poderosa corriente que se había producido a favor de la concordia y del progreso por la libertad, habría sido desde el primer día fecundo en inmediatos beneficios, preparando nuevos adelantos, nunca podría dar tales resultados, si se plantease entre las ansiedades, las iras, los resentimientos e indignaciones de una guerra civil, en medio de recelos y suspicacias, nuevamente fortalecidos. Todos los trabajos hechos para alcanzar las reformas administrativas, económicas y arancelarias que piden como primera condición la paz, quedarán por tiempo indefinido aplazadas.

En vez de las mejoras y progresos que el país espera racionalmente, como coronamiento de las importantes conquistas obtenidas en gran parte por el esfuerzo de nuestro Partido, y entre las cuales basta recordar la abolición de la esclavitud y del patronato, la promulgación de la Ley fundamental del Estado, las libertades de imprenta, reunión, asociación, enseñanza y cultos, en el mismo grado y con las mismas garantías que en la Metrópoli; el juicio oral y público, el matrimonio y el registro civiles; toda la moderna legislación civil y penal de la Madre patria (punto importantísimo para un pueblo que hasta ayer vivió bajo leyes anteriores a nuestro siglo); la supresión del derecho diferencial de bandera y los de exportación; la rebaja de más de un 35 % de los presupuestos que nos legó la guerra; la aceptación ya pública y oficial por todos los Partidos de una gran parte de nuestro programa económico, y el abandono del estéril principio de la mal llamada asimilación por los de especialidad y descentralización, cuyo desarrollo normal debe conducir lógicamente a la completa realización de nuestro programa; en vez de esas mejoras y progresos que tan fundadamente espera, los pretensos regeneradores ¿qué pueden ofrecernos?

Los horrores de la guerra civil, la lucha armada entre los mismos hijos del país, que acaso en no lejanos días adquiriese siniestros caracteres; en lontananza, una más completa ruina y un retroceso total en el camino de la civilización.

Pero no sucederá, por fortuna. Todos los indicios demuestran que la rebelión, limitada a una parte de la provincia Oriental, solo ha conseguido arrastrar, salvo pocas excepciones, a gentes salidas de las clases más ignorantes y desvalidas de la población, víctimas del lamentable atraso en que se ha dejado a tan hermosa comarca, fácil presa de los agitadores, y que carecen de cohesión y de disciplina, por lo que es lícito esperar que pronto habrán de dispersarse o rendirse.

A ello habrán contribuido, al mismo tiempo que las fuerzas acumuladas con plausible rapidez por la Metrópoli, la política cuerda y liberal del Gobierno y de su más alto representante, y la actitud general del país, indiferente a las satánicas excitaciones de todas las intransigencias, fiel a sus ideales de orden, progreso y libertad.

No cabe dudar que el Pacificador a cuyas inspiraciones debióse en 1878 el restablecimiento de la paz y del régimen representativo juntamente, aportase a la resolución de los problemas planteados hoy, el mismo espíritu de noble, justiciera y generosa confianza en el país. Pero en esta, como en toda las crisis, corresponde el mayor y más sostenido esfuerzo al mismo pueblo, siguiendo esos elevados designios y aún adelantándose a ellos, para que en el más breve término el orden se afiance, cesen las disensiones y los recelos, se restaure el régimen constitucional y se inaugure el nuevo sistema administrativo de la Colonia con aquel espíritu de rectitud y concordia que los partidos gobernantes de la Metrópoli se obligaron por igual a mantener, y que por nuestra parte ofrecimos secundar si fuese lealmente observado; único modo de que resulte fecundo y provechoso y de que se asegure al país la pronta extirpación de los abusos que unánimemente condena la conciencia pública, y las reformas de orden diverso que imperiosamente demandan nuestro vetusto régimen administrativo, la creciente cultura de nuestra sociedad y la intensa crisis económica que está ahogando nuestros gérmenes de riqueza.

La Junta Central no le habla solo a los buenos autonomistas; con su adhesión ha contado en todo tiempo y sabe que ahora como siempre ha interpretado fielmente su voluntad y sus deseos. Nos dirigimos al pueblo cubano de todas las clases, de todos partidos, creyendo que diecisiete años de esfuerzos consagrados a la defensa de sus intereses y al estudio de sus necesidades y sus problemas, pueden darnos algún título para merecer su confianza y su estimación. No como jefes de un Partido, no como liberales autonomistas, sino como compatriotas y como hermanos, apelamos hoy al buen sentido y al patriotismo de todos. Nadie nos gana en amor a esta tierra infeliz; en nadie reconocemos más hondo anhelo, más dolorosa solicitud por su ventura, su dignidad y sus derechos; y si hay quienes se atreven a invocar tan caros intereses cuando van a jugarlos al azar de una disparatada aventura, nosotros que queremos salvarlos, y como hijos de Cuba, la amamos con toda el alma y que también somos los más, pedimos el concurso del país para hacer que su voluntad, bien conocida ya, se imponga sin vacilación y sea respetada.

El Partido liberal de 1868 plegó su bandera y abandonó su puesto a los revolucionarios de Yara, porque terminada la Junta de Información vio burladas sus esperanzas legítimas, y aplazadas los más solemnes ofrecimientos de la Metrópoli. El Partido liberal de 1878, que más afortunado, ha visto cómo se han cumplido y se cumplen aquellas promesas no romperá su bandera, ni cederá el campo a los que vienen a malograr nuestra trabajosa cosecha, a hacernos cejar en la senda del progreso pacífico, a arruinar la tierra y a nublar la perspectiva de nuestros destinos con horribles espectros: la miseria, la anarquía y la barbarie:

La Habana, abril 4 de 1896.

José María Gálvez. Carlos Saladrigas. Juan Bautista Armenteros. Luis Armenteros Labrador. Manuel Rafael Angulo. Gonzalo Aróstegui. José Bruzón. José María Carbonell. José de Cáraenas y Gassie. Raimundo Cabrera. Leopoldo Cancio. José A. del Cueto. Marqués de Esteban. Rafael Fernández de Castro. Carlos Fonts y Sterling. José Fernández Pellón. Antonio Govin y Torres. Eliseo Giberga. Joaquín Güell y Renté. José María García Montes. José Hernández Abreu. José Silverio Jorrin. Manuel Francisco Lamar. Herminio C. Leyva. Ricardo del Monte. Federico Martínez Quintana. Rafael Montoro. José Rafael Montalvo. Antonio Mesa y Domínguez. Ramón Pérez Trujillo. Pedro A. Pérez. Leopoldo

Sola. Emilio Terry. Diego Tamayo. Miguel Francisco Viondi. Francisco Zayas. Carlos de Zaldo.

Libros a la carta

A la carta es un servicio especializado para
empresas,
librerías,
bibliotecas,
editoriales
y centros de enseñanza;
y permite confeccionar libros que, por su formato y concepción, sirven a los propósitos más específicos de estas instituciones.

Las empresas nos encargan ediciones personalizadas para marketing editorial o para regalos institucionales. Y los interesados solicitan, a título personal, ediciones antiguas, o no disponibles en el mercado; y las acompañan con notas y comentarios críticos.

Las ediciones tienen como apoyo un libro de estilo con todo tipo de referencias sobre los criterios de tratamiento tipográfico aplicados a nuestros libros que puede ser consultado en Linkgua-ediciones.com.

Linkgua edita por encargo diferentes versiones de una misma obra con distintos tratamientos ortotipográficos (actualizaciones de carácter divulgativo de un clásico, o versiones estrictamente fieles a la edición original de referencia).

Este servicio de ediciones a la carta le permitirá, si usted se dedica a la enseñanza, tener una forma de hacer pública su interpretación de un texto y, sobre una versión digitalizada «base», usted podrá introducir interpretaciones del texto fuente. Es un tópico que los profesores denuncien en clase los desmanes de una edición, o vayan comentando errores de interpretación de un texto y esta es una solución útil a esa necesidad del mundo académico.

Asimismo publicamos de manera sistemática, en un mismo catálogo, tesis doctorales y actas de congresos académicos, que son distribuidas a través de nuestra Web.

El servicio de «libros a la carta» funciona de dos formas.

1. Tenemos un fondo de libros digitalizados que usted puede personalizar en tiradas de al menos cinco ejemplares. Estas personalizaciones pueden ser de todo tipo: añadir notas de clase para uso de un grupo de estudiantes, introducir logos corporativos para uso con fines de marketing empresarial, etc. etc.

2. Buscamos libros descatalogados de otras editoriales y los reeditamos en tiradas cortas a petición de un cliente.